Icy Watermelon
Sandía fría

By / Por Mary Sue Galindo
Illustrations by / Ilustraciones por Pauline Rodriguez Howard

Piñata Books
An Imprint of Arte Público Press
University of Houston
Houston, Texas 77204

Publication of *Icy Watermelon* is made possible through support from the Andrew Water Mellon Foundation and the National Endowment for the Arts. We are grateful for their support.

Esta edición de *Sandía fría* ha sido subvencionada por la Fundación Andrew W. Mellon y el Fondo Nacional para las Artes. Les agradecemos su apoyo.

Piñata Books are full of surprises!
¡Piñata Books están llenos de sorpresas!

Piñata Books
An Imprint of Arte Público Press
University of Houston
4902 Gulf Fwy, Bldg 19, Rm 100
Houston, Texas 77204-2004

Mary Sue Galindo.
  Icy watermelon / by Mary Sue Galindo; illustrated by Pauline Rodriguez Howard = Sandía fría / por Mary Sue Galindo; ilustraciones por Pauline Rodriguez Howard.
    p.   cm.
  Summary: When three generations of a family gather to eat watermelon, the grandparents reminisce about how the sweet fruit brought them together.
  ISBN 978-1-55885-307-2 (pbk: alk. paper)—ISBN 978-1-55885-306-5 (cloth : alk. paper)
    1. Grandparents—Fiction. 2. Watermelon—Fiction. 3. Mexican Americans—Fiction. 4. Spanish language materials—Bilingual. I. Title: Sandía fría. II. Howard, Pauline Rodriguez, ill. III. Title.
PZ73.G143 2000
[E]—dc21   00-035604
                                                                                                    CIP

∞ The paper used in this publication meets the requirements of the American National Standard for Permanence of Paper for Printed Library Materials Z39.48-1984.

Printed in China on December 2018–February 2019 by Midas Printing International Limited
7 6 5 4 3

With love to my family: Manuel, Andrea, Marcella, Memito, to my mother Lydia; and
to all grandparents who enrich our lives—like my own *abuelos,* who fostered a
love for stories and riddles: Juanita Pérez Mejia and Pedro Galindo, Sr.
—MSG

With fond memories of my grandparents Arturo and Ercilia, who generously
shared the bounty of their garden in the country with their family.
—PRH

Con todo cariño para mi familia: Manuel, Andrea, Marcella, Memito, a mi madre Lydia;
y para todos los abuelos que enriquecen nuestras vidas y que, como mis abuelos
Juanita Pérez Mejia y Pedro Galindo, Sr., fomentan un amor por
los cuentos y las adivinanzas.
—MSG

Con buenos recuerdos de mis abuelos Arturo y Ercilia, quienes generosamente
compartieron la abundancia de su huerto en el campo con la familia.
—PRH

"I have a surprise for you," Mamá calls out. "It's big and round, and it's green on the outside."

María sees that her mother has a knife and a cutting board sitting out on the table.

"Is it something to eat?" she asks.

"Yes," Mamá answers. "It has black seeds and it's very juicy. To me, it tastes best when it's ice-cold."

—Les tengo una sorpresa, —dice Mamá. —Es grande, redonda y verde por fuera.

María ve que su Mamá tiene un cuchillo y una tabla de cortar sobre la mesa.

—¿Se come? —pregunta ella.

—Sí. Tiene semillas negras y es muy jugosa. A mí me encanta fría.

"I know what it is," María says.

"Me, *too,*" adds Hugo.

"Mom? Is it . . . a watermelon?" little Sara asks.

"Yes!" Mamá answers. "Very good, Sarita! Now, go tell your grandparents that we have a surprise for them."

—¡Ya sé lo que es! —dice María.

—¡Yo también! —dice Hugo.

—Mami, ¿es una sandía? —pregunta Sarita.

—Sí, —contesta Mamá. —¡Muy bien, Sarita! Anda, dile a tus abuelos que vamos con una sorpresa.

Sarita runs out onto the porch.

"Mamá has a surprise coming!" she announces. "Guess what it is."

"Is it . . . an apple pie?" Papá guesses.

"No."

"Is it . . . chocolate ice cream?" Grandfather asks. He loves anything chocolate.

"No, Abuelo. It's something big and round."

"Big and round," says Grandmother with a smile. "Is it . . . your grandpa's *tummy?*"
Sarita giggles.

Sarita sale a la galería.

—¡Mamá viene con una sorpresa! Adivinen qué es.

—¿Es un pastel de manzana? —pregunta Papá.

—No.

—¿Es helado de chocolate? —pregunta Abuelo. A él le encanta el chocolate.

—No, Abuelo. Es algo grande y redondo.

—Grande y redondo . . . ¿Es la panza de tu abuelo? —pregunta Abuela, con una gran
sonrisa.

Sarita se ríe.

"No, Abuela, the surprise is something to *eat.* Look, here it comes now!" says Sarita.

"Watermelon for everybody!" the children shout. They help to pass out the juicy slices of melon.

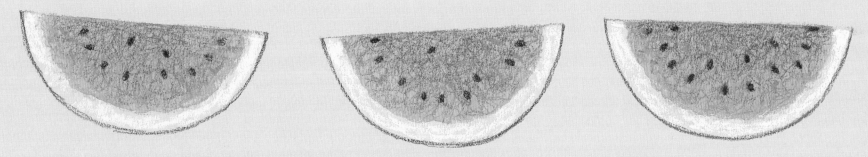

—No, Abuela. ¡La sorpresa se come! ¡Mira, ahí viene ya! —dice Sarita.

—¡Sandía para todos! —anuncian los niños y ayudan a repartir las rebanadas de la rica fruta.

Every Sunday, Abuelo and Abuela come to spend the afternoon with the little ones in the country. Before sunset, everyone goes outside to sit on the porch and enjoy the fresh air. The grown-ups have their rocking chairs, and the children play around them.

"Mmmmm." Everyone savors the watermelon.

"Save the seeds for the garden," Mother suggests. "We'll see if we can grow some big, sweet watermelons like this one."

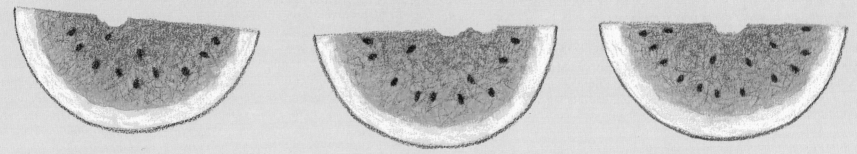

Todos los domingos vienen los abuelos a pasar la tarde en el campo con los nietos. Antes de que baje el sol, todos salen a sentarse en la galería para tomar aire fresco. Todos los adultos tienen sus mecedoras y los niños juegan alrededor de ellos.

—Mmmmm, —todos saborean la sandía.

—Guarden las semillas para sembrarlas en el jardín, —dice Mamá. —A ver si nos salen unas sandías grandes y dulces como ésta.

"*My* papá raised watermelons," Grandfather remembers.

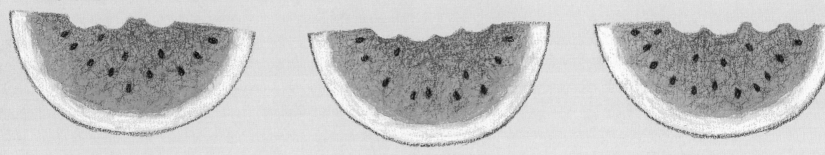

—Mi papá sembraba sandías, —recuerda Abuelo.

"The whole family would pitch in to harvest the watermelons, and then we'd load them up into one great big truck. Papá would take them to sell to the grocery stores. And once in a while we would park next to the highway and sell them. We drove around in the *barrios,* too. I always liked to go along," Grandfather tells them.

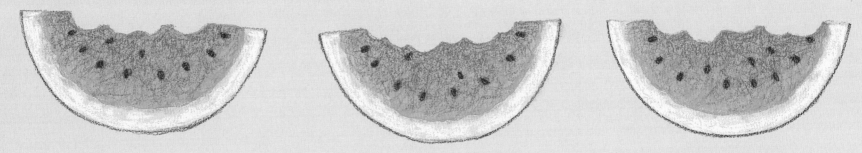

—Entre toda la familia pizcábamos las sandías y las cargábamos en un camión grande. Papá las llevaba a vender a las tiendas y de vez en cuando nos estacionábamos al lado de la carretera para venderlas. También dábamos vuelta por los barrios. A mí me gustaba acompañarlo siempre, —les cuenta Abuelo.

"In fact, that's how I met your grandmother." Grandfather smiles at the children, and then he winks.

"Is it true, Abuela?" María asks.

The grandfolks take each other's hands, and Grandmother answers her that it is true.

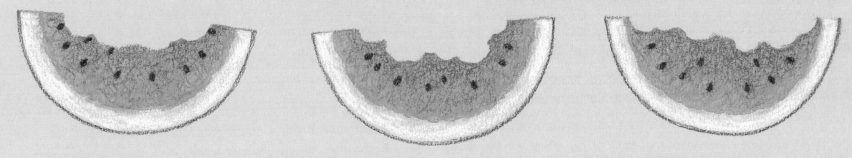

—Así fue como conocí a tu abuela. —Abuelo les sonríe a los niños y les guiña un ojo.

—¿Es cierto, Abuela? —pregunta María.

Los abuelos se toman de la mano, y Abuela le contesta que es verdad.

"Yes, sweetie. I met him one day when he came selling watermelons in our *barrio*. My mother sent me to buy a watermelon from them, and our dog, Chula, followed me and my father out the door. Chula was little, but she was very feisty, and she jumped up in the truck and went after your grandfather."

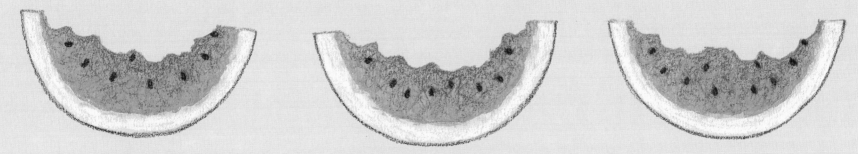

—Sí, m'hijita. Lo conocí un día que andaban vendiendo sandías en mi barrio. Mi mamá me mandó a comprarles una sandía y mi perrita, Chula, nos siguió a mi papá y a mí. Esa Chula era muy brava y se subió al camión y se fue encima de tu abuelito.

"He dropped the watermelon we were buying, so we had to pay for two. Your grandfather's face was so red! It turned redder than that watermelon lying all over the street!"

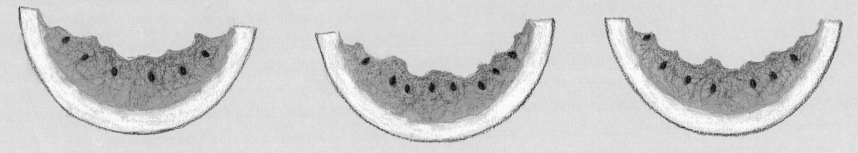

—Se le cayó la sandía y tuvimos que pagarle por dos. Se puso rojo mi viejo, ¡más rojo que la sandía que quedó partida en la calle!

"That's funny, Abuelo!" Hugo says, almost falling over with laughter.

"That's okay, children. Thanks to that crazy little dog, your grandmother and I fell in love."

Mother offers more watermelon to everyone as they all enjoy the talk and laughter.

—¡Qué chistoso, Abuelo! —comenta Hugo, ahogándose de risa.

—No le hace, hijos. Por culpa de esa perrita chiflada nos enamoramos tu abuela y yo.

Mamá les ofrece más sandía y siguen disfrutando de la plática y de la risa.

"Okay, everybody, I have a riddle for you, too," says Grandfather. "What's big and red, like a watermelon, and fills me with joy?"

"A heart?" guesses María.

"Yes, a heart full of love," Grandfather agrees. "Very good, María."

"A heart is not as big as a watermelon," Hugo protests.

"No, but my *abuelo's* heart is," declares Sarita, and she moves closer so that Abuelo can gather her up into his arms.

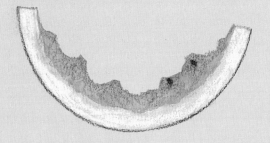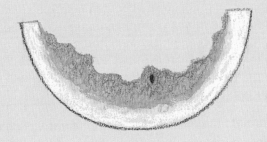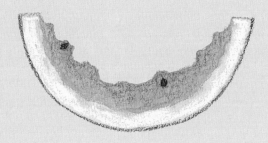

—Escuchen, yo también les tengo una adivinanza, —dice Abuelo.

—Es grande y rojo como la sandía, y me llena de alegría. ¿Qué es?

—¿El corazón? —adivina María.

—Sí, el corazón lleno de amor, —afirma Abuelo. —Muy bien, María.

—¡El corazón no es tan grande como una sandía! —protesta Hugo.

—No, pero el corazón de mi abuelo sí lo es, —declara Sarita y se acerca para que el abuelo la tome en sus brazos.

"You see, Hugo? They already say that I have a tummy like a watermelon . . . and a heart like one, too. I better go home before they start saying, 'José María is just one big *sandía.*' "

"You're funny, Abuelo!"

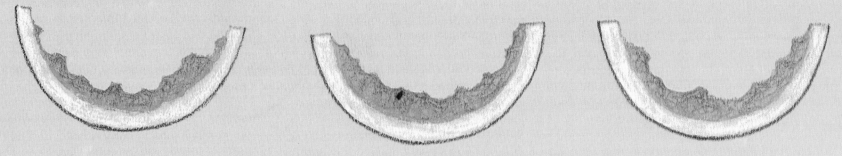

—¿Ya ves, Hugo? Dicen que tengo panza y corazón de sandía. Ya me voy antes de que me digan, *José María es pura sandía.*

—¡Ay, qué abuelo tan chistoso!

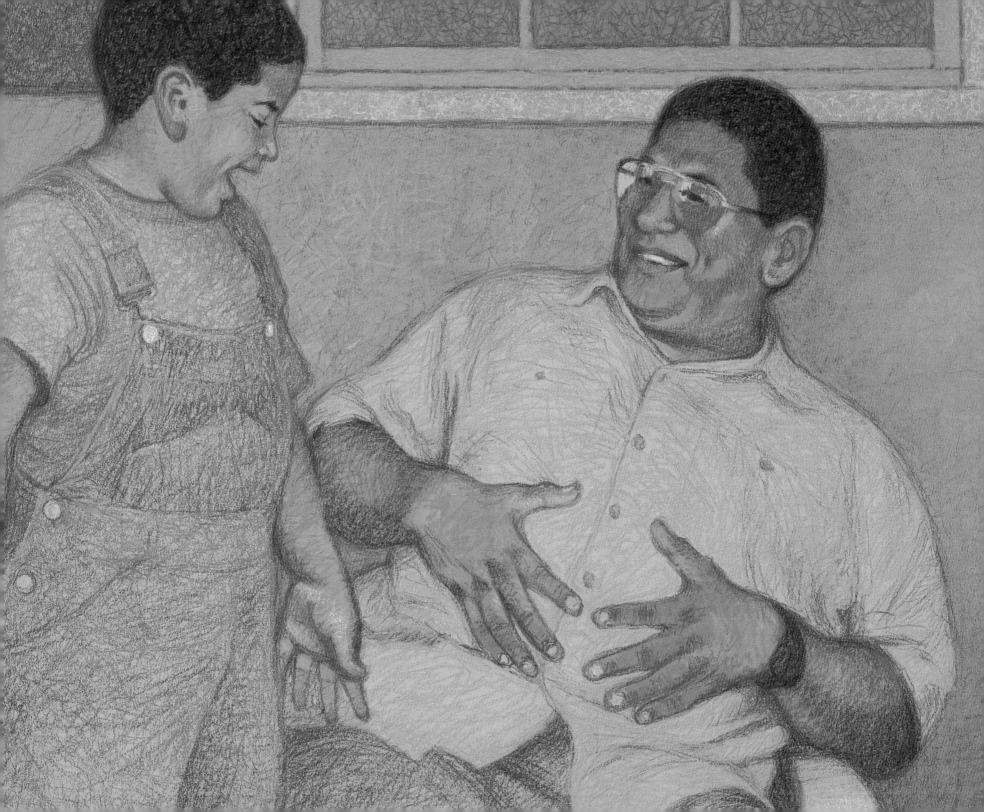

The grown-ups begin to clean up the porch, and Hugo reminds them that they should save the seeds. The children chime in that it would be a good idea to plant the seeds *right now.* Mamá and Papá nod in agreement, but before they all go out to plant them in the garden, everyone gets hugs and goodbye kisses from Abuelo and Abuela.

The sun, too, has begun to leave for the day, but the family continues to enjoy the blessings of life.

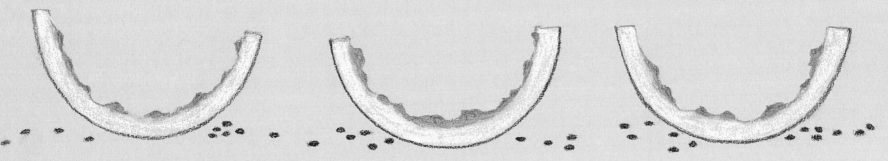

Los adultos empiezan a limpiar la galería cuando Hugo les recuerda que deben guardar las semillas. Los niños piensan que es una buena idea sembrarlas ahorita mismo. Mamá y Papá están de acuerdo, pero antes de que salgan a plantarlas en el jardín, los abuelos se despiden con abrazos y besitos para todos.

El sol también se va despidiendo mientras que la familia sigue disfrutando de las bendiciones de la vida.

Mary Sue Galindo is a mother, poet, and graduate student. As a parent and former teacher, she saw a need for children's literature that would transmit the best aspects of her Hispanic cultural heritage, and decided to take up the challenge herself. Born in west Texas, she now lives outside Austin. She was long a resident of Laredo, however, and hopes to return there, with her husband and three children, upon completing her degree.

Mary Sue Galindo es mamá, poeta y estudiante de posgrado. Como mamá y maestra, notó que no había una literatura para niños que transmitiera los mejores aspectos de la herencia hispana y decidió enfrentar el desafío. Nació en el oeste de Texas y ahora reside en Austin. Vivió en Laredo por muchos años y espera volver allí, con su esposo y sus hijos, al terminar su carrera.

Pauline Rodriguez Howard has a BFA in Art from the University of Houston, and attended the Glassell School of Art. She is a member of the Central Texas Pastel Society, and has work in several art galleries and collections. This is her second book for Piñata Books. Her first was *Family, Familia*, written by Diane Gonzales Bertrand. Her hobbies are hand-painting furniture, stage design, and gardening. She has two daughters and lives in San Antonio with her husband.

Pauline Rodriguez Howard se recibió de la Universidad de Houston con un título en Arte. Asistió a Glassell School of Art y forma parte del Central Texas Pastel Society. Sus obras se han expuesto en distintas galerías y figuran en varias colecciones de arte. Éste es el segundo libro que ilustra para Piñata Books. Su primer libro es *Family, Familia* de Diane Gonzales Bertrand. Sus pasatiempos consisten en la pintura de muebles, la escenografía y la jardinería. Tiene dos hijas y viven en San Antonio con su esposo.